A História do Bebê Jacaré

A História do Bebê Jacaré

Esse livro pertence à

____

Para Camila, Lucas, e Owen.
Vocês são o significado de amor incondicional.

Lucas e Owen, a mamãe é tao orgulhosa de vocês! Eles dizeram que vocês nunca iriam, falar, abraçar, ou demostrar afeto.

Olha vocês hoje! Meus dois ursos de amor! Seus abraços, risadas, beijos e gentileza provam que o amor não tem limites.

Camila, minha anjinha! você é a pessoa mais forte que eu já conheci! Eu não consigo encontrar palavras para descrever o quanto orgulhosa de você eu sou.

E como eu sempre falo para vocês! A mamãe ama você, mais do que tudo no mundo todo, para sempre e sempre, não importa o que aconteça.

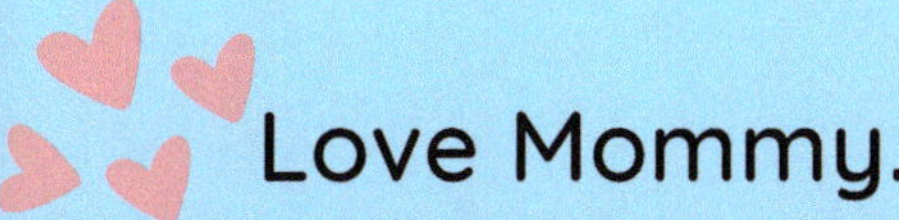

Love Mommy.

Era uma vez, um pequeno, bem pequeno bebê jacaré.

Todo dia a mamãe jacaré nadava até o outro lado do rio, para pegar o café-da-manhã do bebê jacaré.

Mas um dia, a mamãe jacaré estava demorando muito para voltar para casa.

O bebê jacaré estava muito assutado. Ele estava com fome e com muita saudade da sua mamãe.

Bebê jacaré teve uma ideia!

E se eu nadar até o outro lado do rio para achar a mamãe?

Mas o bebê jacaré percebeu que ele era apenas um pequeno bebê jacaré.

Ele nunca conseguiria chegar até o outro lado do rio com segurança.
Afinal era um rio muito grande!!

De repente uma tartaruga estava nadando no rio, e ela percebeu que o bebê jacaré estava chorando.

A tartaruga resolveu ir falar com o bebê jacaré.
Oi bebê jacaré, está tudo bem com você? Onde esta a sua mamãe?

O bebê jacaré estava com muito medo! Ele não sabia o que fazer. Ele nunca havia falado com alguém além de seu papai e mamãe antes.

 Mas a tartaruga disse: Não precisa ficar com medo bebê jacaré, eu vou ajudar você!

Onde esta a sua mamãe ?

A minha mamãe foi pegar o meu café -da-
manhã, lá do outro lado do rio, hoje de
manhã.

Mas ela ainda não voltou: disse o bebê
jacaré.

Eu pensei em nadar até o outro lado do rio para achar a minha mamãe. Mas eu sou um pequeno bebê jacaré, eu nunca ia chegar com segurança até o outro lado do rio.

Não se preocupe bebê jacaré, eu vou ajudar você - disse a tartaruga.

Nós vamos nadar até o outro lado do rio para achar a sua mamãe!

O bebê jacaré estava muito feliz! Ele não conseguia acreditar como a tartaruga estava sendo boazinha com ele.

Afinal era um rio muito grande!

A tartaruga colocou o bebê jacaré nas suas costas e eles começaram a nadar.

Até o outro lado do rio.

Nadando, Nadando, Nadando....
Nadando, Nadando, Nadando....
Até o outro lado do rio.

Quando a tartaruga e o bebê jacaré chegaram no outro lado do rio, eles não encontraram a mamãe jacaré. Oh, não!

Eles procuraram pela mamãe jacaré em todos os lugares, mas ela não estava lá!

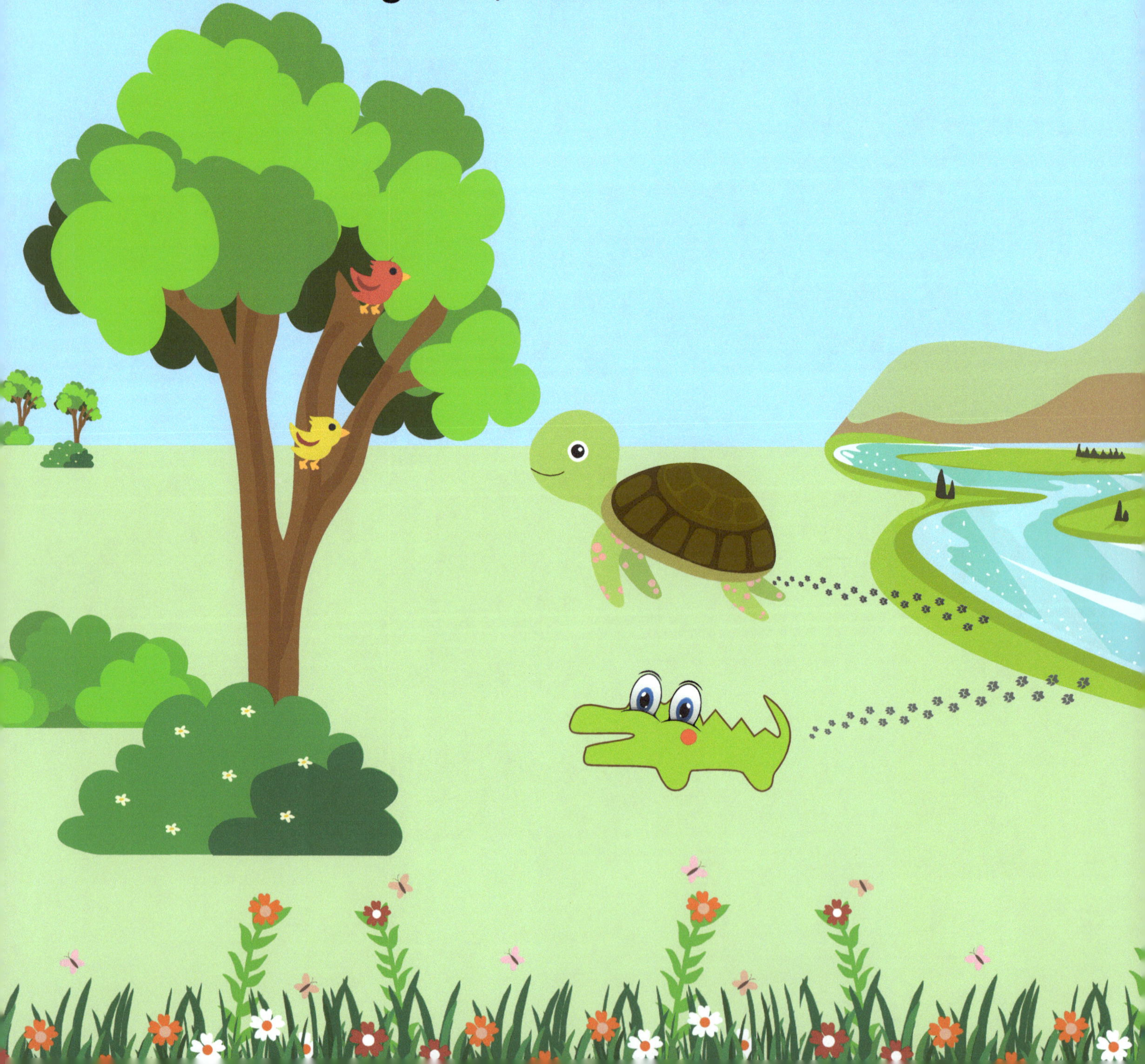

Bebê jacaré estava muito triste! Tão triste que ele começou a chorar.

Dona tartaruga eu quero a minha mamãe - disse o bebê jacaré.

Talvez a sua mamãe já voltou para sua casa bebê jacaré. Não chora, tudo vai ficar ok - disse a tartaruga.

Vamos nadar o mais rápido que pudermos!

Até o outro lado do rio para encontrar sua mamãe - disse a tartaruga.

A tartaruga colocou o bebê jacaré nas costas e ela começou a nadar o mais rápido que podia!

Até o outro lado do rio.

Nadando, Nadando, Nadando....
Nadando, Nadando, Nadando....
Até o outro lado do rio.

Quando chegaram na casa do bebê jacaré
a mamãe jacaré não estava lá!

O bebê jacaré estava tão triste... ele
estava chorando e não sabia o que faz

Ele estava com muita saudade da sua
mamãe!

Mas a tartaruga disse: Não chore bebê jacaré. Eu vou ficar aqui com você até sua mamãe voltar para casa!

Muito obrigado Sra. Tartaruga, você é uma grande amiga - disse o bebê jacaré.

De repente mamãe jacaré chegou!

O bebê jacaré estava tão feliz!

A mamãe jacaré deu um grande abraço no bebê jacaré, e ela contou tudo o que aconteceu naquela manhã.

O bebê jacaré ficou tão feliz em ver sua mamãe novamente!

O bebê jacaré estava com tanta fome!

A mamãe jacaré deu o seu café- da-manhã. O bebê jacaré parou por um segundo, olhou para a tartaruga e disse: Sra. Tartaruga, por favor, tome café- da-manhã comigo.

Não bebê jacaré eu não posso!

Não há comida suficiente para todos nós, e você é um pequeno bebê jacaré.
Você precisa comer para crescer saudável e forte!

Disse a tartaruga.

Não Sra. tartaruga, se não fosse por você, eu nunca encontraria minha mamãe! E você me carregou até o outro lado do rio, nadando o mais rápido que podia.

Você deve estar com muita fome também! então, por favor, tome café- da- manhã comigo! - disse o bebê jacaré.

Muito obrigado bebê jacaré! Sim, estou com muita fome mesmo. Afinal, era um rio muito grande!

A mamãe jacaré estava tão orgulhosa do bebê jacaré! E ela não podia acreditar como a tartaruga foi tão boazinha com seu bebê naquela manhã.

Agora, todas as manhãs, se você nadar à beira do rio, encontrará os três tomando café- da- manhã juntos como uma grande e feliz família!

Fim